AF145124

Christian und Ralph
Meeresrauschen des Herzens
Alisa Kevano

© 2024
likeletters Verlag
Inh. Martina Meister
Legesweg 10
63762 Großostheim
www.likeletters.de
info@likeletters.de

Alle Rechte vorbehalten.

Autorin: Alisa Kevano
Bildquelle: Midjourney

ISBN: 9783689490065

Teilweise kam für dieses Buch künstliche Intelligenz zum Einsatz.

Dies ist eine frei erfundene Geschichte. Ähnlichkeiten mit real existierenden Personen sind zufällig und nicht beabsichtigt.

Inhaltsverzeichnis

Kapitel 1

Christian fuhr mit seinem alten, aber zuverlässigen VW Golf durch die malerische Landschaft von Meerlicht. Die sanften Hügel und die weiten Felder, die sich im Wind wiegten, boten einen beruhigenden Anblick und ließen die Aufregung in ihm langsam aufsteigen. Es war ein neuer Anfang, eine Chance, sich in seinem Beruf als Meeresbiologe zu beweisen und gleichzeitig das Leben in einer kleinen, ruhigen Stadt zu genießen.

«Meerlicht», murmelte er vor sich hin und schüttelte lächelnd den Kopf.

Der Name des Städtchens klang fast zu poetisch, um wahr zu sein. Aber genau hier hatte er seine neue Stelle gefunden, die perfekt zu seinen Interessen und Fähigkeiten passte.

Er bog in eine kleine Seitenstraße ein und fuhr weiter, bis er schließlich vor einem charmanten, alten Haus hielt. Die Fassade war in einem warmen Gelb gestrichen, und vor dem Eingang wuchsen bunte Blumen, die das Bild perfekt abrundeten. Christian stieg aus und atmete tief die salzige Meeresluft ein. Er konnte das Rauschen der Wellen in der Ferne hören und spürte, wie die frische Brise seine Anspannung davontrug.

Mit einem zufriedenen Seufzer begann er, seine Sachen aus dem Auto zu laden. Die Wohnung, die er gemietet hatte, befand sich im obersten Stockwerk und bot einen atemberaubenden Blick auf das Meer. Christian konnte es kaum erwarten, diesen Ausblick jeden Morgen zu genießen.

Nachdem er die letzte Kiste in die Wohnung getragen hatte, setzte er sich kurz auf das Sofa und ließ den Blick über die noch leeren Räume schweifen.

«Das wird ein gutes Zuhause sein», dachte er bei sich.

Er konnte sich bereits vorstellen, wie er nach einem langen Arbeitstag hierher zurückkehren würde, um die Ruhe und die Schönheit der Natur zu genießen.

Seine Gedanken wanderten zu seinem neuen Job. Das Forschungsprojekt, das ihn hierher geführt hatte, drehte sich um den Schutz der lokalen Fischpopulation und das ökologische Gleichgewicht des Meeres. Es war eine wichtige Aufgabe, und Christian war fest entschlossen, seinen Beitrag zu leisten. Gleichzeitig war er gespannt darauf, die Menschen in Meerlicht kennenzulernen und sich in die Gemeinde zu integrieren.

Nachdem er sich ein wenig ausgeruht hatte, begann Christian, seine Sachen auszupacken und die Wohnung einzurichten. Er hängte seine Lieblingsbilder auf, stellte Bücher in das Regal und arrangierte die Möbel so, dass der Raum gemütlich und einladend wirkte.

Es fühlte sich gut an, sich ein eigenes Nest zu schaffen.

Als die Sonne langsam unterging und den Himmel in warme Gold- und Rottöne tauchte, ging Christian auf den Balkon und lehnte sich an das Geländer. Der Blick auf das Meer war atemberaubend. Die Wellen glitzerten im Licht der untergehenden Sonne, und Möwen zogen ihre Kreise am Himmel.

«Hier beginnt ein neues Kapitel», sagte er leise zu sich selbst und lächelte. «Und ich bin bereit dafür.»

Kapitel 2

Die ersten Sonnenstrahlen tauchten das kleine Fischerdorf Meerlicht in ein zartes Morgenlicht, als Ralph König sich aus dem Bett schwang. Es war früh am Morgen, und die meisten Bewohner schliefen noch tief und fest. Doch für Ralph begann der Tag, wie so viele andere zuvor, noch vor dem Morgengrauen. Mit geübten Bewegungen zog er sich an, griff nach seiner wetterfesten Jacke und verließ das kleine Haus, das er von seinen Eltern geerbt hatte.

Draußen begrüßte ihn die frische Meeresluft, die ihn sofort wach machte. Er liebte diesen Moment des Tages, wenn die Welt noch still war und das Meer wie ein großes, ruhiges Wesen vor ihm lag. Ralph lebte seit seiner Kindheit in Meerlicht und konnte sich keinen anderen Ort vorstellen, an dem er lieber sein würde. Das Meer war sein

Zuhause und das Fischen seine Leiden-schaft.

Ralph machte sich auf den Weg zum Hafen, wo sein kleines Fischerboot «Sturmmöwe» vor Anker lag. Auf dem Weg dorthin begegnete er ein paar bekannten Gesichtern. Einige Fischer-freunde waren ebenfalls unterwegs zu ihren Booten, und sie tauschten kurze, morgendliche Grüße aus. Am Hafen angekommen, bereitete Ralph sorgfältig sein Boot vor. Er überprüfte die Netze, den Motor und die Ausrüstung, bevor er das Boot langsam aus dem Hafen steuerte und Kurs auf seine bevor-zugten Fanggründe nahm.

Während Ralph auf das offene Meer hinausfuhr, dachte er über die Verände-rungen nach, die in letzter Zeit im Dorf im Gespräch waren. Die Ankunft eines neuen Meeresbiologen und dessen For-schungsprojekt war das Hauptthema in der Kneipe ,Anker' gewesen. Ralph war skeptisch, ob ein Wissenschaftler wirklich verstehen konnte, was es bedeutete, vom Fischfang zu leben. Schließlich war dies eine Lebensweise, die über Generationen weitergegeben worden war.

Die Morgenstunden vergingen schnell, während Ralph konzentriert arbeitete. Er warf die Netze aus, navigierte geschickt durch die Wellen und zog später mit geübten Handgriffen die Netze wieder ein. Der Fang war gut, und Ralph war zufrieden. Er wusste, dass es Tage geben würde, an denen er mit weniger zurückkehrte, aber heute schien das Meer ihm wohlgesonnen zu sein.

Als die Sonne höher am Himmel stand und die ersten Strahlen die Wasseroberfläche in goldenes Licht tauchten, machte sich Ralph auf den Rückweg zum Hafen. Dort angekommen, wurde er von seinen Freunden und Kollegen begrüßt. Gemeinsam begannen sie, den Fang des Tages zu begutachten und die

Fische für den Verkauf vorzubereiten. Es war harte Arbeit, aber Ralph fühlte sich in dieser Gemeinschaft aus Fischern und ihren Familien geborgen.

Herr Schmidt, der älteste Fischer in Meerlicht, kam auf Ralph zu und klopfte ihm freundlich auf die Schulter.

«Guter Fang heute, Ralph. Das Meer war gnädig.»

Ralph lächelte und nickte.

«Ja, es war ein guter Morgen. Hoffentlich bleibt es so.»

«Hast du schon vom neuen Meeresbiologen gehört?», fragte Herr Schmidt.

«Er soll heute ankommen. Mal sehen, was er so vorhat.»

«Ja, ich habe davon gehört», antwortete Ralph mit einem leichten Stirnrunzeln. «Ich bin gespannt, ob er wirklich eine Hilfe für uns ist oder nur zusätzliche Probleme bringt.»

Herr Schmidt lachte leise.

«Wir werden sehen, mein Junge. Gib ihm eine Chance. Man weiß nie, was man von neuen Leuten lernen kann.»

Ralph nickte erneut, obwohl er innerlich weiterhin skeptisch blieb. Nachdem sie den Fang des Tages sortiert und verteilt hatten, verabschiedete sich Ralph von seinen Kollegen und machte sich auf den Weg nach Hause. Die Gedanken an den neuen Meeresbiologen gingen ihm nicht aus dem Kopf.

Was würde dieser Fremde wohl bringen?

Und wie würde er in das Leben in Meerlicht passen?

Kapitel 3

Am nächsten Morgen machte sich Christian früh auf den Weg zum Meeresforschungsinstitut. Er war gespannt auf seinen ersten Arbeitstag und darauf, seine neue Kollegin Emma kennenzulernen. Das Institut lag etwas außerhalb des Dorfes auf einer kleinen Anhöhe, von der aus man einen wunderbaren Blick auf das Meer hatte. Während er die schmale, von Bäumen gesäumte Straße entlangfuhr, fühlte er eine angenehme Mischung aus Nervosität und Vorfreude.

Das Gebäude des Instituts war modern, aber harmonisch in die umliegende Natur eingebettet. Große Fenster ließen viel Licht herein und boten einen atemberaubenden Blick auf das Meer. Christian parkte seinen Wagen und nahm seine Tasche, bevor er tief durchatmete und auf den Eingang zuging. Die Tür öffnete sich automatisch und er trat in die helle, freundliche Lobby ein.

Kaum hatte er die Schwelle überschritten, kam ihm eine junge Frau entgegen, die ihn freundlich anlächelte.

«Du musst Christian sein. Willkommen in Meerlicht! Ich bin Emma.»

Christian lächelte zurück und reichte ihr die Hand.

«Ja, das bin ich. Freut mich, dich kennenzulernen, Emma. Ich habe viel über das Institut gehört und bin gespannt auf die Arbeit hier.»

«Komm, ich zeige dir dein Büro und den Rest des Instituts», sagte Emma und führte ihn durch die hellen Gänge. «Wir sind ein kleines Team, aber sehr engagiert. Jeder hier brennt für den Schutz des Meeres.»

Während sie durch die verschiedenen Abteilungen gingen, erklärte Emma ihm die Struktur des Instituts und die aktuellen Projekte. Sie zeigte ihm das Labor, in dem Proben analysiert wurden, den Konferenzraum, in dem Meetings und Präsentationen stattfanden, und schließlich sein eigenes Büro. Der Raum war hell und freundlich eingerichtet, mit einem großen Schreibtisch und Regalen voller Fachliteratur.

«Ich hoffe, es gefällt dir», sagte Emma, als sie ihm die Tür öffnete. «Du hast einen großartigen Blick auf das Meer.»

Christian trat ans Fenster und betrachtete die weite, blaue Fläche, die sich vor ihm erstreckte.

«Es ist perfekt», sagte er leise und drehte sich dann zu Emma um. «Ich freue mich wirklich, hier zu sein.»

«Gut, dann lass uns gleich anfangen», sagte Emma und klatschte in die Hände. «Wir haben viel zu tun. Heute Morgen steht ein Teammeeting an, bei dem wir die aktuellen Projekte besprechen. Danach können wir uns dein Forschungsprojekt genauer ansehen und die nächsten Schritte planen.»

Christian nickte und folgte ihr in den Konferenzraum, wo bereits einige Kollegen versammelt waren. Emma stellte ihn allen vor, und er wurde herzlich in die Runde aufgenommen. Das Meeting begann, und Christian hörte aufmerksam zu, während die verschiedenen Projektleiter ihre Fortschritte und Pläne darlegten. Es war beeindruckend zu sehen, wie viel Leidenschaft und Fachwissen hier versammelt war.

Nach dem Meeting setzte sich Christian mit Emma zusammen, um die Details seines Projekts zu besprechen.

«Unser Ziel ist es, die Fischpopulation in dieser Region zu schützen und nachhaltige Methoden zu entwickeln, die sowohl den Fischern als auch dem Ökosystem zugutekommen», erklärte Emma. «Wir müssen eng mit den örtlichen Fischern zusammenarbeiten, um ihre Bedürfnisse und Bedenken zu verstehen und sie in unsere Maßnahmen einzubeziehen.»

«Das klingt nach einer großen Herausforderung, aber auch nach einer wichtigen Aufgabe», sagte Christian nachdenklich. «Ich bin gespannt, wie die Fischer auf unsere Vorschläge reagieren werden.»

Emma nickte.

«Es wird nicht einfach sein, aber ich denke, dass wir mit Geduld und Offenheit viel erreichen können. Die Menschen hier sind stolz auf ihre Traditionen, aber sie wissen auch, dass sich etwas ändern muss, um die Zukunft zu sichern.»

Christian und Emma arbeiteten den restlichen Tag intensiv an den ersten Planungsschritten. Sie diskutierten mögliche Maßnahmen, analysierten Daten und entwickelten erste Konzepte. Die Zusammenarbeit lief reibungslos, und Christian fühlte sich zunehmend wohl in seiner neuen Rolle.

Am Ende des Tages war Christian zufrieden mit dem, was sie erreicht hatten.

«Das war ein produktiver erster Tag», sagte er, als sie ihre Unterlagen zusammenpackten.

«Absolut», stimmte Emma zu. «Ich bin sicher, dass du eine große Bereicherung für unser Team bist. Morgen geht es weiter.»

Am Abend beschloss Christian, die örtliche Kneipe ‚Anker' zu besuchen. Es war der perfekte Ort, um das Dorfleben kennenzulernen und vielleicht ein paar der Menschen zu treffen, mit denen er in den kommenden Monaten zusammenarbeiten würde. Nachdem er sich kurz frisch gemacht hatte, machte er sich auf den Weg.

Der ‚Anker' war ein gemütlicher, rustikaler Ort mit Holzbalken und alten Schiffsartefakten an den Wänden. Die Atmosphäre war lebhaft, und ein wohltuendes Durcheinander von Stimmen erfüllte den Raum. Christian betrat die Kneipe und suchte sich einen Platz an der Theke. Er bestellte ein Bier und ließ seinen Blick durch den Raum schweifen.

Neben den üblichen Dorfgesichtern fiel ihm ein Mann auf, der mit einer Gruppe von Fischern an einem Tisch saß. Seine kräftige Statur und die wettergegerbte Haut verrieten, dass er viel Zeit auf dem Meer verbrachte.

Er war in ein Gespräch vertieft und lachte gerade über einen Witz, den einer seiner Freunde gemacht hatte. Die Wärme und das Lachen in seinem Gesicht standen im Kontrast zu der Skepsis, die Christian im Dorf über seine Ankunft gespürt hatte. Mit einem tiefen Atemzug und einem inneren Mut fassend, nahm Christian sein Bier und ging auf die Gruppe zu.

«Guten Abend», sagte er höflich. «Darf ich mich zu euch setzen?»

Die Gespräche verstummten kurz, und Ralph sah Christian aufmerksam an.

«Klar, warum nicht», antwortete er schließlich, während seine Freunde neugierig beäugten. «Du bist der neue Meeresbiologe, richtig?»

«Ja, das bin ich», bestätigte Christian und setzte sich. «Ich bin Christian Winter.»

«Ralph König», stellte Ralph sich vor und reichte ihm die Hand. «Und das hier sind meine Freunde. Wir haben schon von dir gehört.»

Christian lächelte und nickte den anderen zu.

«Freut mich, euch kennenzulernen. Ich hoffe, wir können gut zusammenarbeiten. Ich habe gehört, dass ihr einiges über das Meer und die Fischerei wisst.»

Ralphs Miene verfinsterte sich leicht.

«Das tun wir», sagte er etwas scharf. «Und wir sind gespannt, was du zu bieten hast. Die letzte Sache, die wir brauchen, ist ein Fremder, der uns sagt, wie wir unseren Job machen sollen.»

Christian spürte die Anspannung in der Luft.

«Ich verstehe eure Bedenken. Mein Ziel ist es, Wege zu finden, wie wir die Fischbestände schützen können, ohne eure Arbeit zu gefährden. Ich möchte von euch lernen und mit euch zusammenarbeiten.»

Ralph lehnte sich zurück und verschränkte die Arme vor der Brust.

«Das sagen sie alle. Und am Ende leiden wir unter ihren Entscheidungen. Glaubst du wirklich, du weißt mehr über das Meer als wir, die wir unser ganzes Leben darauf verbracht haben?»

Die Frage traf Christian unerwartet hart.

«Nein, das glaube ich nicht. Aber ich denke, dass Wissenschaft und Praxis Hand in Hand gehen können. Ich bin nicht hier, um euch zu bevormunden, sondern um zu helfen.»

Ein anderer Fischer, Lars, mischte sich ein.

«Erzähl uns doch ein bisschen über dein Projekt. Was genau willst du hier machen?»

Christian nutzte die Gelegenheit, um über seine Pläne zu sprechen. Er erklärte, wie wichtig es sei, die Fischpopulationen zu schützen und nachhaltige Fischereimethoden zu entwickeln, um die Zukunft der Gemeinde zu sichern. Er betonte, dass er eng mit den Fischern zusammenarbeiten wolle, um sicherzustellen, dass ihre Bedürfnisse und Bedenken berücksichtigt würden.

Ralph schien jedoch nicht überzeugt.

«Klingt ja alles schön und gut», sagte er schließlich. «Aber wie stellst du dir das konkret vor? Reden ist eine Sache, aber was bedeutet das in der Praxis?»

Christian nahm einen Schluck von seinem Bier und überlegte kurz.

«Nun, das Erste, was ich tun möchte, ist, mehr über eure tägliche Arbeit zu erfahren. Ich würde gerne mit aufs Meer hinausfahren und sehen, wie ihr arbeitet. Nur so kann ich wirklich verstehen, was ihr braucht und wie wir zusammenarbeiten können.»

Ralph musterte ihn einen Moment lang, bevor er nickte. «Das ist ein guter Ansatz. Aber ich warne dich, wir haben hier schon viele Leute gesehen, die meinten, sie wüssten alles besser. Du wirst dir unseren Respekt verdienen müssen.»

«Das verstehe ich», antwortete Christian ruhig. «Und ich bin bereit, mir euren Respekt zu verdienen.»

Die Gespräche wurden zunehmend lockerer, und die anfängliche Spannung löste sich etwas auf, obwohl sie nie ganz verschwand. Christian erfuhr mehr über das Leben in Meerlicht, die Herausforderungen der Fischerei und die tiefen Verbindungen, die die Bewohner zum Meer hatten. Die Männer am Tisch erzählten ihm

Geschichten über stürmische Nächte und friedliche Morgen auf dem Wasser, über alte Traditionen und neue Ideen.

Der Abend verging schnell, und als Christian schließlich aufstand, um sich zu verabschieden, hatte er das Gefühl, einen wichtigen Schritt gemacht zu haben. Er hatte Ralph und seine Freunde ein wenig besser kennengelernt und einen ersten Einblick in das Dorfleben bekommen.

«Danke für den netten Abend», sagte er, als er sich von der Gruppe verabschiedete. «Ich freue mich auf unsere Zusammenarbeit.»

«Wir auch», antwortete Ralph, wobei ein Hauch von Skepsis in seiner Stimme mitschwang. «Morgen früh fahren wir raus. Wenn du dabei sein willst, sei um fünf am Hafen.»

Christian lächelte.

«Das werde ich. Bis morgen dann.»

Kapitel 4

Der Morgen dämmerte noch in einem blassen Grau, als Christian um kurz vor fünf am Hafen ankam. Eine kühle Brise wehte vom Meer herüber und brachte den Geruch von Salz und Algen mit sich. Christian zog seine Jacke enger um sich und suchte nach Ralphs Boot, der ‚Sturmmöwe'. Die Fischer waren bereits geschäftig dabei, ihre Boote vorzubereiten, und ein Summen von Stimmen und Motoren erfüllte die Luft.

Ralph bemerkte Christian, noch bevor dieser ihn ansprechen konnte.

«Guten Morgen», sagte Ralph knapp und deutete auf einen Stapel Kisten. «Wir legen gleich ab. Pack mit an.»

Christian nickte und half, die Ausrüstung auf das Boot zu laden. Es war eine ungewohnte, aber nicht unangenehme Arbeit. Während er die schweren Netze und Kisten bewegte, spürte er Ralphs prüfenden Blick auf sich. Es war klar, dass der Fischer ihn genau beobachtete, um zu sehen, wie ernst er es meinte.

Endlich war alles verstaut, und die ‚Sturmmöwe' glitt langsam aus dem Hafen hinaus aufs offene Meer. Die ersten Sonnenstrahlen brachen durch die Wolken und warfen ein goldenes Licht auf die Wasseroberfläche. Christian konnte nicht anders, als die Schönheit des Moments zu bewundern.

«Genieß den Ausblick, solange du kannst», sagte Ralph neben ihm. «Es wird ein harter Tag.»

Christian nickte.

«Ich freue mich darauf, von euch zu lernen.»

«Na, wir werden sehen», brummte Ralph und wandte sich wieder den Kontrollen zu.

Die Stunden vergingen, während Ralph und die anderen Fischer ihre Netze auswarfen, überprüften und wieder einholten. Christian beobachtete aufmerksam, stellte Fragen und half, wo er konnte. Es war harte, körperliche Arbeit, aber auch faszinierend. Er begann zu verstehen, wie viel Wissen und Geschicklichkeit in dieser Tätigkeit steckte.

Ralph ließ keine Gelegenheit aus, Christian zu testen.

«Weißt du, warum wir heute hier fischen?», fragte er einmal herausfordernd.

Christian dachte kurz nach.

«Ich vermute, weil die Strömungen hier besonders nährstoffreich sind und viele Fische anziehen.»

Ralph nickte langsam.

«Nicht schlecht. Aber es gibt noch mehr zu wissen. Du musst die Laichzeiten, die Wetterbedingungen und das Verhalten der Fische kennen.»

«Und das lerne ich von euch», entgegnete Christian ruhig.

Ein leichtes Lächeln spielte um Ralphs Lippen.

«Vielleicht.»

Trotz der angespannten Atmosphäre spürte Christian eine seltsame Anziehungskraft zwischen ihnen. Ralphs schroffe Art hatte etwas Faszinierendes, und er konnte nicht anders, als den Fischer immer wieder verstohlen zu beobachten. Ralphs kräftige Hände, die mit sicherer Präzision arbeiteten, seine intensive Konzentration und die Art, wie er sich durch nichts aus der Ruhe bringen ließ – all das zog Christian unwillkürlich an.

Als der Fang des Tages schließlich an Bord war und sie den Rückweg antraten, hatte Christian ein besseres Verständnis für die Herausforderungen, denen die Fischer täglich gegenüberstanden. Er fühlte sich erschöpft, aber auch zufrieden. Ralph schien ihn ebenfalls ein wenig anders zu betrachten, wenn auch weiterhin kritisch.

«Du hast dich ganz gut geschlagen für deinen ersten Tag», sagte Ralph, als sie wieder im Hafen anlegten. «Aber das war nur der Anfang.»

Christian lächelte müde.

«Ich bin bereit für mehr.»

Ralph nickte und sah ihn einen Moment lang an, als wollte er etwas sagen, entschied sich dann aber anders.

«Morgen um die gleiche Zeit», sagte er nur und wandte sich ab, um das Boot zu entladen.

Während Christian half, den Fang an Land zu bringen, konnte er das Gefühl nicht abschütteln, dass zwischen ihnen etwas Unausgesprochenes, aber Starkes war. Die Differenzen und Spannungen waren deutlich, aber ebenso spürbar war die Anziehungskraft, die sie beide zu spüren schienen, auch wenn keiner von ihnen es offen zugab.

Nach einem anstrengenden Morgen auf dem Meer kehrten die Fischer mit ihren Fängen zurück in den Hafen. Christian war erschöpft, aber er fühlte sich auch erfüllt von der Erfahrung, die er gemacht hatte. Er half dabei, den Fang zu sortieren und die Ausrüstung zu reinigen, während Ralph und die anderen Fischer sich unterhielten.

Nachdem die Arbeit im Hafen erledigt war, lud Ralph Christian ein, sich mit den anderen Fischern im ‚Anker' zu treffen, um die Vorschläge für nachhaltige Fischereimethoden zu besprechen. Christian spürte eine Mischung aus Nervosität und Entschlossenheit, als er die Einladung annahm. Er wusste, dass dies eine wichtige Gelegenheit war, das Vertrauen der Fischer zu gewinnen.

Im ‚Anker' fanden sie einen Tisch, an dem sich bereits mehrere Fischer versammelt hatten. Es war ein vertrautes Bild: rauchige Luft, gedämpftes Licht und das Klirren von Gläsern, das die Gespräche begleitete. Ralph nahm einen tiefen Schluck von seinem Bier, bevor er das Wort ergriff.

«Christian hier hat einige Ideen, wie wir nachhaltiger fischen können», begann er und schaute Christian direkt an. «Ich dachte, es wäre gut, wenn wir alle mal darüber reden.»

Christian nickte dankbar und holte tief Luft, bevor er zu sprechen begann.

«Danke, Ralph. Also, das Ziel ist es, die Fischbestände zu schützen und gleichzeitig sicherzustellen, dass ihr weiterhin erfolgreich fischen könnt. Ein Ansatz wäre, während der Laichzeiten bestimmte Gebiete zu schützen und in anderen Bereichen gezielt zu fischen. Wir könnten auch größere Maschenweiten bei den Netzen verwenden, um junge Fische zu schonen.»

Sofort regte sich Unmut in der Runde.

«Größere Maschen? Das klingt nach weniger Fang für uns», warf Lars ein, und einige andere Fischer nickten zustimmend.

«Ich verstehe eure Bedenken», sagte Christian ruhig. «Aber auf lange Sicht können wir so sicherstellen, dass die Fischbestände nicht erschöpft werden. Das bedeutet nachhaltigeres Fischen und langfristig stabile Erträge.»

Ralph lehnte sich zurück und verschränkte die Arme vor der Brust.

«Klingt gut in der Theorie. Aber wie willst du das umsetzen? Und was passiert, wenn wir wegen der neuen Regeln weniger verdienen?»

Christian sah Ralph direkt an.

«Wir müssen Wege finden, diese Veränderungen schrittweise einzuführen und dabei eure Erfahrungen und Vorschläge einzubeziehen. Es geht nicht darum, euch etwas aufzuzwingen, sondern gemeinsam Lösungen zu entwickeln.»

Eine hitzige Diskussion entbrannte. Einige Fischer zeigten sich offen für die Ideen, andere waren vehement dagegen. Die Sorgen und Ängste waren verständlich – für viele bedeutete die Fischerei nicht nur Arbeit, sondern auch Tradition und Identität. Ralph blieb besonders kritisch und stellte Christians Ansätze immer wieder in Frage, was die Spannung zwischen ihnen verstärkte.

«Wir haben schon genug Probleme mit Vorschriften und Bürokratie», sagte ein älterer Fischer namens Klaus. «Und jetzt sollen wir noch mehr Einschränkungen hinnehmen?»

Christian hielt inne und suchte nach den richtigen Worten.

«Ich weiß, dass Veränderungen schwer sind. Aber ich glaube, dass wir gemeinsam einen Weg finden können, der sowohl das Meer als auch eure Lebensgrundlage schützt. Ich bin bereit, hart zu arbeiten und von euch zu lernen, um das zu erreichen.»

Ralphs kritischer Blick ließ Christian spüren, dass er noch einen langen Weg vor sich hatte, um wirklich akzeptiert zu werden.

«Wir werden sehen», sagte Ralph schließlich. «Aber du musst verstehen, dass wir das nicht einfach so hinnehmen werden. Du musst uns beweisen, dass das, was du vorschlägst, auch wirklich funktioniert.»

«Das werde ich», antwortete Christian entschlossen. «Ich bin hier, um mit euch zu arbeiten, nicht gegen euch.»

Die Diskussion zog sich noch eine Weile hin, und als sie schließlich endete, hatte Christian das Gefühl, dass zumindest ein erster Schritt getan war. Einige Fischer zeigten sich offener, während andere weiterhin skeptisch blieben. Ralph gehörte eindeutig zu den Skeptikern, und Christian wusste, dass er sich weiterhin beweisen musste. Als die Gruppe sich auflöste und die Fischer nach und nach die Kneipe verließen, blieb Christian noch einen Moment sitzen und ließ die Gespräche Revue passieren. Es war ein schwieriger, aber notwendiger Schritt gewesen, und er war bereit, die nächsten Herausforderungen anzugehen.

Ralph verabschiedete sich knapp und verschwand mit den anderen in die Nacht. Christian beobachtete ihn, und trotz des Konflikts spürte er wieder diese unerklärliche Anziehung. Ralph war ein harter Kerl, aber auch faszinierend. Christian konnte nicht anders, als sich zu fragen, was unter dieser rauen Schale verborgen lag.

Mit diesen Gedanken machte er sich auf den Weg zurück ins Institut, entschlossen, einen Weg zu finden, die Fischer von der Notwendigkeit der Veränderungen zu überzeugen – und vielleicht auch, Ralphs Vertrauen zu gewinnen.

Kapitel 5

Christian kehrte ins Meeresforschungsinstitut zurück, die Diskussionen des
Tages immer noch in seinen Gedanken.
Die Begeisterung des Morgens war
einer ernüchternden Erkenntnis
gewichen: Es würde nicht einfach sein,
die Fischer von den notwendigen
Änderungen zu überzeugen. Die Skepsis und der Widerstand, besonders von
Ralph, hatten ihn härter getroffen, als er
erwartet hatte.

Im Institut angekommen, fand er
Emma in ihrem Büro, vertieft in einige
Daten. Sie sah auf, als er eintrat, und
bemerkte sofort den besorgten Ausdruck auf seinem Gesicht.

«Wie war dein Tag?», fragte sie mitfüh-
lend.

Christian ließ sich schwer in einen Stuhl
sinken und seufzte tief.

«Es war hart. Ich habe heute einen ersten Einblick in die Arbeit der Fischer bekommen und versucht, ihnen unsere Vorschläge für nachhaltigere Methoden zu erklären. Aber es gab viel Widerstand, vor allem von Ralph.»

Emma nickte verständnisvoll.

«Das habe ich mir gedacht. Die Fischer hier sind stolz und misstrauisch gegenüber Veränderungen, besonders wenn sie von außen kommen.»

«Ich weiß», antwortete Christian. «Aber ich habe das Gefühl, dass ich nicht wirklich durchdringe. Sie sehen mich als Eindringling, jemanden, der ihre Lebensweise bedroht.»

«Das ist normal», sagte Emma beruhigend. «Sie haben Angst vor dem Unbekannten und davor, dass sie ihre Existenzgrundlage verlieren könnten. Es wird Zeit brauchen, ihr Vertrauen zu gewinnen.»

Christian fuhr sich frustriert mit der Hand durch die Haare.

«Ich weiß, dass Veränderungen Zeit brauchen, aber ich kann nicht anders, als an meiner Fähigkeit zu zweifeln. Was, wenn ich es nicht schaffe, sie zu überzeugen?»

Emma lächelte aufmunternd.

«Gib nicht so schnell auf, Christian. Du hast heute einen wichtigen ersten Schritt gemacht. Sie wissen jetzt, dass du bereit bist, mit ihnen zu arbeiten und nicht gegen sie. Das ist ein Anfang. Vielleicht solltest du dich auf kleine, schrittweise Veränderungen konzentrieren, anstatt sie mit großen Plänen zu überwältigen.»

«Du hast recht», gab Christian zu. «Ich muss geduldiger sein und ihnen zeigen, dass ich ihre Sorgen ernst nehme.»

Emma lehnte sich zurück und dachte einen Moment nach.

«Vielleicht könntest du auch versuchen, mehr über die persönlichen Geschichten der Fischer zu erfahren. Sie sehen dich im Moment nur als Wissenschaftler, aber wenn sie dich als Person kennenlernen, könnte das helfen, Barrieren abzubauen.»

Christian nickte.

«Das ist eine gute Idee. Ich werde versuchen, mehr über ihre individuellen Herausforderungen und Erlebnisse zu erfahren.»

Emma stand auf und klopfte ihm ermutigend auf die Schulter.

«Du machst das schon. Es ist normal, anfangs auf Widerstand zu stoßen. Aber mit Geduld und Einfühlungsvermögen kannst du viel erreichen.»

Christian fühlte sich etwas besser, aber die Zweifel nagten immer noch an ihm. Er wusste, dass der Weg vor ihm lang und steinig sein würde, aber er war fest entschlossen, ihn zu gehen. Er bedankte sich bei Emma und machte sich auf den Weg zu seiner Wohnung. Die frische Abendluft half ihm, seine Gedanken zu ordnen.

Am nächsten Morgen wachte er mit neuer Entschlossenheit auf. Er würde nicht aufgeben. Schritt für Schritt würde er das Vertrauen der Fischer gewinnen und zeigen, dass seine Vorschläge nicht nur das Meer, sondern auch ihre Zukunft sichern könnten.

Aber heute Abend, beschloss er, sich eine kleine Auszeit zu gönnen und noch einmal in den ‚Anker' zu gehen. Vielleicht konnte er dort auf ungezwungenere Weise ein Gespräch mit Ralph führen.

Als er später am Abend die Kneipe betrat, war es bereits voll und lebhaft. Er bestellte ein Bier und sah sich nach einem Platz um. Zufällig bemerkte er Ralph, der allein an einem Tisch saß, in Gedanken versunken und einen leeren Blick auf sein Glas gerichtet.

Christian zögerte einen Moment, bevor er sich entschloss, auf Ralph zuzugehen.

«Ist dieser Platz frei?», fragte er vorsichtig.

Ralph sah auf und nickte.

«Setz dich», murmelte er.

Die beiden Männer saßen eine Weile schweigend da, bevor Christian das Wort ergriff.

«Ich wollte mich für gestern bedanken. Es war eine wichtige Erfahrung für mich, mit euch aufs Meer hinauszufahren.»

Ralph nickte, sagte aber nichts. Die Stille zwischen ihnen war gespannt, aber nicht unangenehm. Christian spürte die unausgesprochene Verbindung, die zwischen ihnen lag, trotz aller Differenzen.

«Es tut mir leid, wenn ich euch überfordert habe», fuhr Christian fort. «Ich verstehe, dass es schwer ist, jemandem zu vertrauen, der neu ist und Veränderungen bringen will.»

Ralph nahm einen Schluck von seinem Bier und sah Christian dann direkt an.

«Du hast gute Absichten, das sehe ich. Aber es wird Zeit brauchen, das Vertrauen der Männer zu gewinnen. Wir haben viel durchgemacht, und wir haben Angst, was diese Veränderungen bedeuten könnten.»

Christian nickte.

«Das verstehe ich. Und ich bin bereit, mir diese Zeit zu nehmen und von euch zu lernen. Vielleicht können wir morgen wieder rausfahren und du zeigst mir mehr von eurer Arbeit?»

Ein schwaches Lächeln erschien auf Ralphs Gesicht.

«Vielleicht. Lass uns einfach sehen, wie es läuft.»

Die beiden Männer unterhielten sich noch eine Weile, und obwohl der Konflikt zwischen ihnen spürbar blieb, fühltc Christian, dass sie einen kleinen Schritt in Richtung Verständnis gemacht hatten. Und auch wenn die Anziehungskraft zwischen ihnen unausgesprochen blieb, war sie dennoch da – ein zarter Funke, der vielleicht eines Tages zu etwas Größerem heranwachsen könnte.

Der Abend war kühl und klar, als Christian die Kneipe ‚Anker' verließ. Die Sterne funkelten über dem Meer, und die Geräusche des Hafens klangen in der Ferne. Christian atmete tief die frische, salzige Luft ein und spürte, wie die Sorgen des Tages langsam von ihm abfielen. Er fühlte sich zuversichtlicher und entschlossener als je zuvor, seine Aufgabe in Meerlicht zu meistern.

Auf dem Weg zurück zu seiner Wohnung fiel ihm ein kleines Café auf, das noch geöffnet war. Es sah gemütlich aus, mit warmem Licht, das durch die Fenster drang, und einladenden Stühlen vor der Tür. Christian beschloss, kurz einzutreten und einen Kaffee zu trinken, um den Abend entspannt ausklingen zu lassen.

Als er das Café betrat, bemerkte er, dass es fast leer war. Nur ein paar

Tische waren besetzt, und die Atmosphäre war ruhig und friedlich. Er bestellte einen Kaffee und setzte sich an einen Tisch in der Ecke, von dem aus er den Blick auf die Straße und das Meer genießen konnte.

Kurz darauf öffnete sich die Tür, und zu seiner Überraschung trat Ralph ein. Der Fischer sah sich kurz um, bevor er Christian bemerkte. Ein Ausdruck des Erkennens huschte über sein Gesicht, und er ging auf Christian zu.

«Na, wir scheinen uns heute ständig über den Weg zu laufen», sagte Ralph mit einem leichten Lächeln.

Christian lächelte zurück.

«Es scheint so. Willst du dich setzen?»

Ralph zögerte einen Moment, dann nickte er und nahm Platz.

«Warum nicht. Ein Kaffee klingt jetzt gut.»

Die Bedienung brachte Ralph einen Kaffee, und die beiden Männer saßen eine Weile schweigend da, nippten an ihren Tassen und genossen die friedliche Atmosphäre des Cafés. Es war eine angenehme Stille, in der beide ihre Gedanken ordnen konnten.

Nach einer Weile brach Ralph das Schweigen.

«Ich habe über unser Gespräch nachgedacht. Es ist schwer für uns Fischer, Veränderungen zu akzeptieren, besonders wenn wir nicht wissen, wie sie sich auf unser Leben auswirken werden.»

Christian nickte verständnisvoll.

«Das kann ich nachvollziehen. Veränderungen sind immer mit Unsicherheiten verbunden. Aber ich bin hier, um sicherzustellen, dass wir Lösungen finden, die für alle funktionieren. Ich möchte, dass ihr genauso von diesen Veränderungen profitiert wie das Meer.»

Ralph sah ihn ernst an.

«Du musst verstehen, dass für uns das Meer mehr ist als nur ein Arbeitsplatz. Es ist unser Leben, unsere Tradition.

Wir haben gelernt, damit zu leben und es zu respektieren. Es ist schwer, jemanden von außen hereinzulassen, der uns sagt, was wir anders machen sollen.»

«Das verstehe ich», sagte Christian leise. «Und ich möchte nicht, dass ihr das Gefühl habt, dass ich euch etwas wegnehmen will. Im Gegenteil, ich möchte euch helfen, dass ihr eure Traditionen und euer Leben am Meer bewahren könnt – aber auf eine Weise, die auch für zukünftige Generationen nachhaltig ist.»

Ralph nahm einen tiefen Schluck von seinem Kaffee und sah nachdenklich aus dem Fenster.

«Es wird nicht einfach sein, die anderen zu überzeugen. Aber ich werde es versuchen. Du hast heute gezeigt, dass du bereit bist, zuzuhören und von uns zu lernen. Das ist mehr, als die meisten anderen jemals getan haben.»

Christian spürte einen Funken Hoffnung.

«Danke, Ralph. Das bedeutet mir viel. Ich weiß, dass es ein langer Weg wird, aber ich bin bereit, ihn zu gehen.»

Ralphs Blick kehrte zu Christian zurück, und für einen Moment war die Spannung zwischen ihnen fast greifbar. Es war nicht nur die Spannung eines Konflikts, sondern auch eine unausgesprochene Anziehung, die sie beide spürten. Ralphs Augen funkelten im gedämpften Licht des Cafés, und Christian konnte nicht anders, als sich von dieser Intensität angezogen zu fühlen.

«Lass uns sehen, wie es weitergeht», sagte Ralph schließlich. «Vielleicht können wir tatsächlich etwas verändern – zusammen.»

Christian lächelte und hob seine Kaffeetasse.

«Auf die Zusammenarbeit.»

Ralph hob ebenfalls seine Tasse, und sie stießen an.

«Auf die Zusammenarbeit.»

Die Unterhaltung wurde lockerer, und sie begannen, sich über weniger ernste Themen zu unterhalten. Ralph erzählte Christian von seiner Familie, von seiner Kindheit in Meerlicht und von seinen Erlebnissen auf dem Meer.

«Weißt du», begann Ralph nach einem langen Schluck Kaffee, «ich bin in Meerlicht geboren und aufgewachsen. Meine Familie lebt hier seit Generationen. Mein Großvater war Fischer, mein Vater auch, und ich folge in ihren Fußstapfen. Das Meer ist in unserer Familie tief verwurzelt.»

Christian nickte und lehnte sich interessiert vor. «Erzähl mir mehr über deine Familie. Hast du Geschwister?»

Ralph lächelte und nickte.

«Ja, ich habe zwei ältere Brüder. Peter und Markus. Peter hat sich entschieden, nach Hamburg zu ziehen und in der Hafenlogistik zu arbeiten. Markus hingegen ist in der Stadt geblieben und betreibt eine kleine Werkstatt. Er ist der Handwerker in der Familie. Ich war immer derjenige, der dem Meer am nächsten war.»

«Und deine Eltern?», fragte Christian, fasziniert von Ralphs Geschichten.

«Mein Vater, Johann, war ein harter, aber gerechter Mann», antwortete Ralph. «Er hat mir alles beigebracht, was ich über das Fischen weiß. Er war stolz darauf, ein Fischer zu sein, und hat diese Leidenschaft an uns weitergegeben. Meine Mutter, Helga, war eine liebevolle Frau, die sich immer um die Familie gekümmert hat. Sie hat uns mit ihrer Wärme und Stärke zusammengehalten.»

Ralphs Gesicht veränderte sich, als er weiter sprach. «Ich erinnere mich noch gut an die Sommer, als ich ein Kind war. Wir sind oft mit dem Boot meines Vaters hinausgefahren. Er hat uns beigebracht, wie man die Netze auswirft und die Fische einfängt. Aber es waren nicht nur die praktischen Fähigkeiten. Er hat uns auch beigebracht, das Meer zu respektieren und zu verstehen.»

Christian konnte sich das gut vorstellen.

«Es klingt, als ob du eine wunderbare Kindheit hattest.»

Ralph nickte und ein Lächeln huschte über sein Gesicht.

«Ja, hatte ich tatsächlich. Es gab diesen einen Sommer, als ich etwa zehn Jahre alt war. Mein Vater nahm mich und meine Brüder mit auf eine längere Fangreise. Wir blieben mehrere Tage auf dem Meer, schliefen unter den Sternen und erzählten uns Geschichten. Es war magisch. Ich erinnere mich, wie ich in der Nacht aufwachte und die Sterne über mir sah. Das Meer war so ruhig, und das Boot schaukelte sanft in den Wellen. Es war, als ob die Welt nur aus uns und dem endlosen Ozean bestand.»

Christian konnte die Ehrfurcht in Ralphs Stimme hören und spürte, wie tief diese Erinnerungen in ihm verwurzelt waren.

«Das klingt wirklich unglaublich.»

«Ja, das war es», sagte Ralph leise. «Aber es gab auch schwere Zeiten. Stürme, in denen wir um unser Leben kämpfen mussten. Nächte, in denen der Fang schlecht war und wir uns Sorgen machten, wie wir über die Runden kommen würden. Mein Vater war immer stark, immer ruhig. Er hat uns gezeigt, wie man in den härtesten Zeiten durchhält.»

Christian sah Ralph mit neuem Respekt an. «Dein Vater klingt wie ein beeindruckender Mann.»

«Das war er», sagte Ralph stolz. «Er ist vor fünf Jahren gestorben. Ein Herzinfarkt. Das war hart für uns alle, aber besonders für mich. Ich hatte das Gefühl, dass ich die Verantwortung übernehmen und sein Erbe weiterführen musste. Es war nicht einfach, aber ich wusste, dass ich es tun musste.»

Christian fühlte sich tief berührt von Ralphs Offenheit.

«Es ist klar, dass du das Meer und die Traditionen deiner Familie sehr liebst.»

Ralph nickte.

«Ja, das tue ich. Und deshalb ist es so schwer, Veränderungen zu akzeptieren. Das Meer ist nicht nur unser Lebensunterhalt, es ist unser Zuhause, unser Leben.»

Christian legte seine Hand beruhigend auf Ralphs Arm.

«Ich verstehe das jetzt besser. Und ich möchte dir und den anderen helfen, dieses Zuhause zu bewahren und gleichzeitig sicherzustellen, dass es für die Zukunft geschützt ist.»

Ralph sah Christian an, und in diesem Moment spürte Christian, dass ein Teil der Barriere zwischen ihnen gefallen war.

«Ich hoffe, dass wir das gemeinsam schaffen können», sagte Ralph leise.

«Das werden wir», antwortete Christian fest. «Schritt für Schritt.»

Kapitel 6

Christian kam am frühen Nachmittag im Hafen an, wo ein Treffen mit Markus, Ralphs Bruder, und Emma stattfinden sollte. Das Projekt zur Renovierung des Hafens war ein gemeinsames Vorhaben, das sowohl die Infrastruktur verbessern als auch das Bewusstsein für Nachhaltigkeit schärfen sollte. Als Christian aus seinem Auto stieg, sah er Emma, die bereits auf Markus wartete.

«Hey, Emma», rief Christian und ging auf sie zu. «Bist du schon lange hier?»

Emma lächelte und schüttelte den Kopf. «Nein, gerade erst angekommen. Ich freue mich auf das Treffen. Es wird gut sein, Markus besser kennenzulernen und zu sehen, wie er uns bei der Hafenrenovierung helfen kann.»

Kurz darauf fuhr ein alter, aber gepflegter Transporter vor, und Markus stieg aus. Er war ein kräftiger Mann mit freundlichen Augen, die sofort einen warmen Eindruck hinterließen.

«Hallo zusammen», sagte er, als er auf sie zuging.

«Hallo Markus», begrüßte Christian ihn. «Schön, dich zu sehen.»

«Ebenso», erwiderte Markus mit einem festen Händedruck. Er wandte sich Emma zu. «Hallo Emma. Es ist eine Weile her.»

Emma lächelte und erwiderte den Händedruck.

Die drei machten sich auf den Weg zu einem alten Lagerhaus am Hafen, das als Treffpunkt diente. Drinnen breiteten sie die Pläne aus und begannen, die Details des Renovierungsprojekts zu besprechen. Markus brachte viele praktische Ideen ein und zeigte großes Interesse an den umweltfreundlichen Aspekten der Renovierung.

«Wir könnten Solarzellen auf den Dächern der Gebäude installieren», schlug Markus vor. «Das würde nicht nur Energie sparen, sondern auch ein Zeichen setzen.»

«Das ist eine großartige Idee», sagte Emma begeistert. «Das würde perfekt zu unserem Konzept passen.»

Während sie weiter diskutierten, bemerkte Markus die entspannte Art, wie Ralph und Christian miteinander umgingen. Er hatte seinen Bruder selten so offen und zugänglich erlebt. Ein Lächeln huschte über sein Gesicht, als er Christian ansprach.

«Du scheinst einen guten Einfluss auf Ralph zu haben. Er ist normalerweise nicht so schnell bereit, sich auf neue Ideen einzulassen.»

Christian fühlte, wie er leicht rot wurde.

«Danke, Markus. Ich denke, es braucht einfach Zeit und Verständnis. Ralph ist ein großartiger Mensch, und ich lerne viel von ihm.»

Markus sah Christian durchdringend an, dann lächelte er wieder.

«Das habe ich gemerkt. Ihr beide seid ein interessantes Team.»

Die Bemerkung ließ Christian nachdenklich zurück, während sie weiterarbeiteten. Markus schien die Anziehung zwischen ihm und Ralph bemerkt zu haben, und es machte Christian bewusst, wie offensichtlich ihre wachsende Verbindung für andere war.

Nach einigen Stunden intensiver Planung und Diskussion beschlossen sie, eine Pause einzulegen. Emma und Markus gingen nach draußen, um frische Luft zu schnappen, während Christian die Unterlagen zusammenräumte. Als er hinaustrat, sah er Markus und Emma in ein tiefes Gespräch vertieft.

«Es ist erstaunlich, wie viel man erreichen kann, wenn man zusammenarbeitet», sagte Markus gerade. «Ich freue mich wirklich auf dieses Projekt.»

Emma lächelte strahlend.

«Ich auch. Und es ist schön, jemanden zu treffen, der genauso leidenschaftlich an der Sache interessiert ist wie wir.»

Markus' Blick wurde weich, und er schien einen Moment nachzudenken.

«Weißt du, Emma, ich habe das Gefühl, dass dies nicht nur ein Projekt ist. Es könnte der Anfang von etwas viel Größerem sein.»

Emma errötete leicht und erwiderte den Blick.

«Ich hoffe es.»

Christian beobachtete die Szene mit einem Lächeln. Es war offensichtlich, dass sich zwischen Markus und Emma etwas entwickelte, und er freute sich, dass sie sich so gut verstanden. Die Möglichkeit neuer Beziehungen und Freundschaften war eine positive Entwicklung inmitten der Herausforderungen, vor denen sie alle standen.

Als sie sich schließlich verabschiedeten, verabredeten sie sich für ein weiteres

Treffen, um die nächsten Schritte zu besprechen. Markus umarmte seinen Bruder Ralph kurz und flüsterte ihm etwas ins Ohr, bevor er sich auf den Weg machte. Ralph lachte und schlug ihm freundschaftlich auf die Schulter.

Christian und Ralph blieben zurück und sahen dem Transporter nach.

«Markus ist ein guter Kerl», sagte Ralph schließlich. «Er hat einen scharfen Verstand und ein großes Herz. Und es scheint, als würde er sich gut mit Emma verstehen.»

«Ja, das tut er», antwortete Christian nachdenklich. «Es ist schön, zu sehen, wie sich Beziehungen entwickeln und wie wir alle zusammenarbeiten können.»

Ralph nickte und sah Christian an.

«Wir sind alle auf unsere Weise miteinander verbunden. Und ich bin froh, dass du hier bist, Christian. Du machst einen Unterschied.»

Christian spürte eine warme Welle der Zufriedenheit und der Hoffnung.

«Danke, Ralph. Das bedeutet mir viel.»

Die beiden Männer standen noch eine Weile schweigend da und genossen die Ruhe. Es war ein Moment des Friedens und der Zuversicht, dass sie gemeinsam alles erreichen konnten.

Kapitel 7

Nach dem erfolgreichen Treffen mit Markus und Emma spürte Christian, dass sich langsam eine positive Dynamik entwickelte. Es schien, als ob die Menschen in Meerlicht sich mehr öffneten, und auch die Beziehung zu Ralph wurde weniger angespannt. An diesem Abend beschloss Ralph, Christian in sein Haus einzuladen.

«Es liegt etwas abseits, aber es ist wunderschön dort», sagte Ralph, als sie im Auto saßen und die Küstenstraße entlangfuhren. Der Himmel war in tiefes Blau getaucht, und die Sterne begannen zu leuchten. «Meine Familie hat es seit Generationen. Wir haben viele Sommer dort verbracht. Meine Eltern haben es mir hinterlassen.»

Christian war gespannt.

«Es klingt großartig. Danke, dass du mich mitnimmst.»

Nach einer kurzen Fahrt erreichten sie das Haus, das auf einer kleinen Klippe über dem Meer thronte. Es war ein gemütliches, rustikales Gebäude mit einer großen Veranda, von der aus man einen atemberaubenden Blick auf das Meer hatte. Ralph parkte das Auto, und sie stiegen aus.

«Hier sind wir», sagte Ralph und lächelte leicht, als er das Haus betrachtete. «Willkommen in meinem Zuhause.»

Christian sah sich um und spürte sofort die besondere Atmosphäre dieses Ortes. Die salzige Meeresluft und das Rauschen der Wellen gaben ihm ein Gefühl von Ruhe und Frieden.

«Es ist wunderschön hier, Ralph.»

Ralph führte Christian ins Haus, das innen genauso gemütlich war wie außen. Alte Familienfotos schmückten die Wände, und überall standen Erinnerungsstücke, die Geschichten von vergangenen Zeiten erzählten. Sie setzten sich auf die Veranda, wo Ralph eine Flasche Wein und zwei Gläser hervorholte.

«Ich dachte, wir könnten hier ein bisschen entspannen», sagte Ralph und schenkte den Wein ein. «Es ist ein guter Ort zum Nachdenken.»

Christian nahm das Glas und lächelte. «Das klingt perfekt.»

Sie saßen eine Weile schweigend da, genossen den Blick auf das Meer und das angenehme Gefühl des Zusammenseins. Dann begann Ralph zu sprechen, seine Stimme war ruhig und nachdenklich.

«Weißt du, Christian, ich habe viel nachgedacht über die Dinge, die du gesagt hast. Über Nachhaltigkeit und die Zukunft.»

Christian sah ihn an, überrascht von Ralphs plötzlicher Offenheit.

«Und? Was denkst du?»

Ralph nahm einen Schluck Wein und sah hinaus aufs Meer.

«Ich denke, dass du Recht hast. Wir müssen etwas ändern, wenn wir das Meer und unseren Lebensunterhalt schützen wollen. Aber es ist schwer, sich auf neue Ideen einzulassen, wenn man so lange auf eine bestimmte Weise gelebt hat.»

Christian nickte verständnisvoll.

«Ich weiß, dass es schwierig ist. Veränderungen sind immer schwer, besonders wenn sie etwas betreffen, das einem so wichtig ist.»

Ralph seufzte leise.

«Aber ich sehe, dass du es ernst meinst und dass du wirklich helfen willst. Und das bedeutet viel.»

Christian spürte, wie sich etwas in ihm löste.

«Danke, Ralph. Das bedeutet mir auch viel. Ich möchte, dass wir gemeinsam einen Weg finden, der für alle funktioniert.»

Ralph sah Christian direkt in die Augen, und für einen Moment schien die Zeit stillzustehen.

«Ich glaube, das können wir», sagte er leise. «Wir müssen nur einen Schritt nach dem anderen gehen.»

Christian lächelte.

«Genau. Und ich werde da sein, um dich zu unterstützen.»

Sie saßen noch eine Weile da, tranken Wein und teilten Geschichten aus ihrem Leben. Ralph erzählte von seiner Familie, von den Herausforderungen, denen sie als Fischer gegenüberstanden, und von den schönen Momenten, die sie zusammen erlebt hatten. Christian sprach über seine Ausbildung, seine Leidenschaft für die Meeresbiologie und die Gründe, warum er sich für den Schutz der Ozeane einsetzte.

«Weißt du», begann Christian nachdenklich, «ich bin in einer kleinen Stadt aufgewachsen, weit entfernt von hier. Meine Eltern waren Lehrer, und sie haben mir von klein auf beigebracht, wie wichtig Bildung und das Verständnis für die Welt um uns herum sind.»

Ralph lehnte sich zurück und nahm einen Schluck Wein.

«Das klingt nach einer guten Kindheit. Hast du Geschwister?»

Christian lächelte leicht.

«Ja, eine jüngere Schwester. Sie heißt Lena. Wir waren immer sehr verbunden. Sie arbeitet jetzt als Lehrerin, genau wie unsere Eltern.»

«Und wie bist du zur Meeresbiologie gekommen?», fragte Ralph interessiert.

Christian seufzte und sah hinaus aufs Meer, das im Mondlicht schimmerte.

«Als ich ungefähr zehn Jahre alt war, nahm mein Vater mich und meine Schwester mit an die Nordsee. Es war ein Sommerurlaub, aber es war auch das erste Mal, dass ich das Meer wirklich gesehen habe. Ich erinnere mich, wie ich stundenlang am Strand saß und den Wellen zusah. Ich beobachtete, wie das Meer sich zurückzog und fast vollkommen verschwand, bevor es voll Energie wieder auf mich zuströmte. Von da an war ich fasziniert von der endlosen Weite und den Geheimnissen, die das Meer verbirgt.»

«Das klingt magisch», sagte Ralph leise. Christian nickte.

«Ja, das war es. Aber es war auch der Moment, in dem ich beschloss, dass ich mehr über das Meer erfahren wollte. Als ich älter wurde, begann ich, Bücher über Meeresbiologie zu lesen und Dokumentationen zu schauen. Ich wollte alles wissen, was es über die Ozeane zu wissen gibt. Diese Faszination hat mich nie verlassen.»

«Und das hat dich dazu gebracht, Meeresbiologie zu studieren?», fragte Ralph.

«Genau», antwortete Christian. «Ich habe an der Universität Biologie studiert und mich auf Meeresbiologie spezialisiert. Während meines Studiums hatte ich die Gelegenheit, an mehreren Forschungsprojekten teilzunehmen, die mir die Augen für die dringenden Probleme geöffnet haben, mit denen unsere Ozeane konfrontiert sind. Überfischung, Verschmutzung, Klimawandel – all das hat massive Auswirkungen auf das marine Leben.»

Ralph sah ihn aufmerksam an.

«Das muss hart gewesen sein, all diese Probleme zu sehen.»

Christian nickte ernst.

«Ja, das war es. Aber es hat mich auch motiviert, etwas dagegen zu tun. Nach meinem Studium habe ich bei verschiedenen Umweltorganisationen gearbeitet, um Projekte zum Schutz der Meere zu unterstützen. Ich habe in verschiedenen Teilen der Welt gearbeitet, aber irgendwann wurde mir klar, dass ich etwas Nachhaltiges und Langfristiges aufbauen wollte. Und das hat mich schließlich nach Meerlicht geführt.»

«Und warum gerade Meerlicht?», fragte Ralph neugierig.

Christian lächelte.

«Ich habe von dem Projekt gehört und wusste, dass es genau das ist, was ich machen wollte. Ein kleiner Ort, wo man wirklich einen Unterschied machen kann, und eine Gemeinde, die stark mit dem Meer verbunden ist. Es war die perfekte Gelegenheit, mein Wissen und meine Erfahrungen einzubringen, um etwas Positives zu bewirken.»

Ralph nickte langsam.

«Das erklärt einiges. Du bist hier, weil du wirklich etwas verändern willst.»

«Ja, das bin ich», sagte Christian ernst. «Und ich glaube, dass wir das zusammen schaffen können. Ich habe in den letzten Wochen so viel von euch gelernt und sehe, wie wichtig das Meer für euer Leben ist. Es ist nicht nur eine Ressource, sondern ein Teil eurer Identität.»

Ralph lächelte leicht.

«Das ist es. Und ich denke, dass du genau der Richtige bist, um uns zu helfen, den richtigen Weg zu finden.»

Christian fühlte sich durch Ralphs Worte tief berührt.

«Danke, Ralph. Das bedeutet mir viel. Ich werde mein Bestes geben, um euer Vertrauen nicht zu enttäuschen.»

Sie saßen noch eine Weile schweigend da, genossen die Stille und das Gefühl der wachsenden Verbindung zwischen ihnen. Die Nähe des Meeres, die klare Nacht und die Offenheit ihrer Gespräche schufen eine besondere Atmosphäre, die beiden das Gefühl gab, dass sie auf dem richtigen Weg waren – sowohl für ihre beruflichen Ziele als auch für ihre persönliche Beziehung.

Ralph sah Christian an und sagte leise: «Es ist schön, jemanden zu haben, der unsere Leidenschaft teilt und gleichzeitig neue Perspektiven einbringt. Ich bin froh, dass du hier bist.»

Christian erwiderte den Blick und spürte eine tiefe Wärme in sich aufsteigen.

«Ich auch, Ralph. Ich bin auch froh, hier zu sein.»

Kapitel 8

Am nächsten Abend schlug Ralph vor, zusammen mit Markus und Christian in die Dorfkneipe ‚Anker‘ zu gehen. Als sie die Kneipe betraten, wurden sie von den bekannten Geräuschen und Gerüchen begrüßt: Lachen, Gespräche und der Duft von gebratenem Fisch und Bier. Ralph führte sie zu einem Tisch in der Ecke, von dem aus sie einen guten Blick auf das Geschehen hatten.

«Das hier ist unser Stammplatz», erklärte Ralph mit einem Lächeln. «Von hier aus kann man alles sehen und hören.»

Markus setzte sich neben Emma, die schon auf sie wartete. Die beiden hatten offensichtlich schon einiges zu besprechen, und ihre Blicke und das Lächeln, das sie tauschten, zeigten, dass zwischen ihnen eine besondere Verbindung entstand. Christian freute sich für die beiden und setzte sich Ralph gegenüber.

Kurz nachdem sie ihre Getränke bestellt hatten, bemerkte Christian, dass ein Mann auf sie zukam. Er war groß, hatte kurzes, dunkles Haar und trug ein teures Hemd, das nicht ganz zu der rustikalen Atmosphäre der Kneipe passte. Ralphs Gesichtsausdruck verhärtete sich leicht, als er den Mann sah.

«Das ist Tom Becker», sagte Ralph leise zu Christian. «Er ist ein Geschäftsmann hier im Dorf. Wir kennen uns schon seit unserer Schulzeit.»

Tom näherte sich dem Tisch mit einem Lächeln, das nicht ganz seine Augen erreichte.

«Ralph, Markus, Emma», begrüßte er sie, bevor sein Blick auf Christian fiel. «Und du musst der neue Meeresbiologe sein. Christian, richtig?»

Christian nickte und streckte die Hand aus.

«Ja, ich bin Christian Winter. Freut mich, dich kennenzulernen.»

Tom nahm Christians Hand, sein Händedruck war fest und kurz.

«Tom Becker. Willkommen in Meerlicht. Ich habe schon viel über dich gehört.»

«Danke», sagte Christian höflich. «Ich hoffe, dass wir alle zusammenarbeiten können, um das Beste für das Dorf und das Meer zu erreichen.»

Tom setzte sich und nahm einen Schluck von seinem Bier.

«Ja, ich habe von deinen Plänen gehört. Ich hoffe nur, dass sie nicht zu viele Unannehmlichkeiten für uns hier bringen.»

Die Worte klangen freundlich, aber Christian konnte den unterschwelligen Ton nicht überhören.

«Ich versuche, alle Interessen zu berücksichtigen und sicherzustellen, dass die Veränderungen für alle von Vorteil sind», antwortete er ruhig.

Tom lächelte leicht, aber es erreichte immer noch nicht seine Augen.

«Das hoffe ich. Ralph, du scheinst dich gut mit Christian zu verstehen. Das ist schön zu sehen.»

Ralph sah Tom direkt an, ohne sich von der Bemerkung provozieren zu lassen.

«Ja, das tue ich. Christian hat viele gute Ideen und ist bereit, mit uns zusammenzuarbeiten.»

Tom nickte langsam.

«Das ist gut zu hören. Manchmal sind neue Ideen genau das, was wir brauchen. Solange sie gut durchdacht sind und alle berücksichtigen.»

Die Spannung am Tisch war spürbar, aber Christian entschied sich, nicht darauf einzugehen. Stattdessen konzentrierte er sich darauf, das Gespräch in eine positivere Richtung zu lenken.

«Markus und Emma arbeiten gerade an einem großartigen Projekt zur Renovierung des Hafens», sagte er. «Es ist beeindruckend zu sehen, wie gut sie zusammenarbeiten.»

Emma lächelte und legte eine Hand auf Markus' Arm.

«Ja, wir haben viele spannende Ideen und hoffen, dass wir damit das Dorf bereichern können.»

Markus nickte zustimmend.

«Es ist eine große Aufgabe, aber ich bin sicher, dass wir es schaffen können. Und es ist großartig, mit jemandem wie Emma zusammenzuarbeiten, der so leidenschaftlich bei der Sache ist.»

Tom sah zwischen Emma und Markus hin und her, und ein leichtes Stirnrunzeln erschien auf seinem Gesicht.

«Das klingt interessant. Vielleicht könnte ich mir das Projekt einmal ansehen und sehen, ob ich in irgendeiner Weise helfen kann.»

«Das wäre großartig», sagte Markus höflich. «Wir könnten jede Unterstützung gebrauchen.»

Das Gespräch ging weiter, aber die Spannung blieb spürbar. Christian konnte nicht anders, als das Gefühl zu haben, dass Tom ihn nicht leiden konnte.

Nach einer Weile entschuldigte sich Tom und verließ den Tisch.

«Ich muss noch ein paar Dinge erledigen. War nett, dich kennenzulernen, Christian. Wir sehen uns sicher bald wieder.»

Christian nickte und sah ihm nach, wie er die Kneipe verließ. «Interessanter Typ», bemerkte er leise zu Ralph.

Ralph seufzte.

«Ja, das ist er. Tom ist schon immer ein bisschen… eigen gewesen. In unserer Jugend verbrachten wir viel Zeit miteinander. Als er erfuhr, dass ich homosexuell bin, ging er dann aber auf Abstand. Seitdem haben wir nicht mehr viel miteinander zu tun.»

Kapitel 9

Die folgenden Tage vergingen schnell. Christian arbeitete intensiv an seinen Forschungsprojekten im Institut und verbrachte viel Zeit mit Ralph und den Fischern, um ihre Arbeitsweise besser zu verstehen und Vertrauen aufzubauen. Gleichzeitig nahm das Renovierungsprojekt des Hafens unter der Leitung von Markus und Emma Gestalt an. Alles schien gut zu laufen, doch Christian konnte das ungute Gefühl, das ihm seit der Begegnung mit Tom Becker nachhing, nicht ganz abschütteln.

Eines Morgens, als Christian das Institut betrat, bemerkte er sofort, dass etwas nicht stimmte. Einige der Schränke standen offen, und Papiere lagen verstreut auf den Tischen und dem Boden. Er eilte zu seinem Büro und stellte fest, dass wichtige Forschungsmaterialien fehlten oder beschädigt waren. Sein Herzschlag beschleunigte sich, als er die Unordnung betrachtete.

«Emma!», rief er, während er die beschädigten Unterlagen durchblätterte. «Emma, komm schnell her!»

Emma kam eilig ins Büro gelaufen, und ihr Gesichtsausdruck veränderte sich, als sie das Chaos sah.

«Was ist hier passiert?», fragte sie erschrocken.

«Ich weiß es nicht», antwortete Christian. «Aber jemand war hier und hat absichtlich meine Materialien beschädigt und einige gestohlen. Das sieht nach Sabotage aus.»

Emma kniete sich neben Christian und untersuchte die beschädigten Dokumente.

«Das ist nicht gut», sagte sie leise. «Hast du irgendeine Ahnung, wer dahinter stecken könnte?»

«Nein, habe ich nicht. Vielleicht einer der Fischer, die uns immer noch als Bedrohung ansehen? Dabei dachte ich, wir hätten bereits gute Fortschritte erzielt.»

Emma nickte entschlossen.

«Wir sollten sofort die Polizei rufen und das melden. Und wir müssen sicherstellen, dass unsere Arbeit nicht weiter behindert wird.»

Die Polizei traf ein und nahm die Ermittlungen auf. Sie befragten Christian und Emma ausführlich und sicherten die Spuren am Tatort. Es war ein unangenehmer Prozess, aber notwendig, um herauszufinden, wer hinter der Sabotage steckte.

Nachdem die Polizei gegangen war, setzte sich Christian erschöpft in sein Büro. Emma brachte ihm einen Kaffee und setzte sich zu ihm.

«Wir dürfen uns davon nicht entmutigen lassen», sagte sie leise. «Wir machen wichtige Arbeit, und das wissen unsere Gegner auch. Das ist der Grund, warum sie versuchen, uns zu stoppen.»

Christian nickte und trank einen Schluck von seinem Kaffee.

«Du hast recht. Wir müssen weitermachen. Aber wir müssen auch vorsichtig sein und sicherstellen, dass wir unsere Arbeit besser schützen.»

Emma lächelte aufmunternd.

«Das werden wir. Und wir werden herausfinden, wer dahinter steckt.»

Später an diesem Tag traf Christian sich mit Ralph, um ihm von dem Vorfall zu erzählen.

Ralphs Gesichtsausdruck verhärtete sich, als er die Geschichte hörte.

«Das ist ernst», sagte er. «Wir müssen herausfinden, wer das war. Ich werde mit den anderen Fischern sprechen und sehen, ob jemand etwas gesehen hat oder Verdächtiges bemerkt hat.»

«Danke, Ralph», sagte Christian dankbar. «Ich schätze deine Unterstützung.»

Ralph legte eine Hand auf Christians Schulter.

«Wir kämpfen diesen Kampf zusammen. Lass uns sicherstellen, dass wir gewinnen.»

Die Tage vergingen, und Christian und Ralph verbrachten immer mehr Zeit miteinander. Sie arbeiteten gemeinsam an den Projekten und entwickelten ihre Pläne für eine nachhaltige Fischerei weiter. Doch es war nicht nur die Arbeit, die sie zusammenbrachte. In den ruhigen Momenten dazwischen, bei Spaziergängen am Strand oder bei gemeinsamen Abendessen, vertiefte sich ihre Beziehung auf einer ganz neuen Ebene.

An einem sonnigen Nachmittag entschieden sie sich, eine Pause von der Arbeit einzulegen und einen Spaziergang entlang der Klippen zu machen. Die Aussicht auf das endlose Meer war atemberaubend, und die frische Brise trug den salzigen Duft des Ozeans heran. Sie gingen schweigend nebeneinander her, beide in Gedanken versunken.

«Es ist wirklich schön hier», sagte Christian schließlich und blieb stehen, um den Blick über das Wasser zu genießen.

«Ja, das ist es», antwortete Ralph leise. «Das Meer hat etwas Beruhigendes, aber auch etwas Wildes und Unvorhersehbares.»

Christian sah Ralph an und lächelte.

«Ich denke, das ist einer der Gründe, warum ich es so liebe. Es gibt immer etwas Neues zu entdecken.»

Ralph erwiderte das Lächeln und trat näher zu Christian.

«Du bist anders als die meisten Menschen, die ich kenne, Christian. Du siehst Dinge auf eine Weise, die ich bewundere.»

Christian spürte, wie sein Herz schneller schlug.

«Und du, Ralph, bist einer der ehrlichsten und leidenschaftlichsten Menschen, die ich je getroffen habe. Du gibst niemals auf, egal wie schwierig es wird.»

Ein kurzer Moment der Stille folgte, dann griff Ralph vorsichtig nach Christians Hand.

«Ich denke, wir ergänzen uns gut.»

Christian drückte Ralphs Hand sanft und trat noch näher.

«Das tun wir.»

Die Luft zwischen ihnen schien zu knistern, als sie einander in die Augen sahen. Die Anziehungskraft, die sie beide gespürt hatten, war jetzt unausweichlich. Langsam, fast zögernd, beugte sich Ralph vor und legte seine Lippen auf die von Christian. Es war ein sanfter, zärtlicher Kuss, der all die unausgesprochenen Gefühle in sich trug.

Christian schloss die Augen und erwiderte den Kuss, ließ sich von den Emotionen überwältigen. Die Zeit schien stillzustehen, und alles, was zählte, war dieser eine Moment der Verbundenheit.

Als sie sich schließlich voneinander lösten, blieb Ralphs Stirn an Christians gelehnt.

«Ich wollte das schon lange tun», flüsterte Ralph.

«Ich auch», antwortete Christian leise. «Und es fühlt sich genau richtig an.»

Sie verbrachten den restlichen Nachmittag damit, die Küste zu erkunden, Hand in Hand, als ob sie sich nie wieder voneinander trennen wollten. Sie redeten über ihre Träume und Hoffnungen, über die Herausforderungen, denen sie gegenüberstanden, und darüber, wie sie gemeinsam eine Zukunft aufbauen konnten.

Am Abend kehrten sie zu Ralphs Haus zurück, wo sie ein einfaches Abendessen zubereiteten und den Tag ausklingen ließen. Die Stimmung war gelöst und intim, und die Nähe, die sie teilten, schien alles andere unwichtig zu machen.

«Ich bin froh, dass du hier bist, Christian», sagte Ralph, als sie nach dem Essen auf der Veranda saßen und die Sterne betrachteten.

«Ich auch, Ralph», antwortete Christian und legte eine Hand auf Ralphs. «Ich hätte nie gedacht, dass ich hier so viel mehr als nur einen Job finden würde.»

Ralph lächelte und zog Christian näher zu sich.

«Das Leben ist voller Überraschungen. Und ich bin froh, dass du eine davon bist.»

In dieser Nacht schliefen sie eng umschlungen ein, mit dem Wissen, dass sie zusammen stark waren und jede Herausforderung meistern konnten. Die Verbindung zwischen ihnen war stärker denn je, und sie wussten, dass dies erst der Anfang ihrer gemeinsamen Reise war.

Kapitel 10

Der nächste Morgen begann mit einem warmen Sonnenaufgang, der das Strandhaus in goldenes Licht tauchte. Christian wachte auf und spürte Ralphs Arme um sich, ein Gefühl von Sicherheit und Geborgenheit durchströmte ihn. Er drehte sich vorsichtig um und sah Ralph an, der noch schlief.

Ein Lächeln huschte über Christians Gesicht, als er die friedliche Miene seines Partners betrachtete.

Nach einem ruhigen Frühstück auf der Veranda beschlossen sie, den Tag gemeinsam zu verbringen und die Schönheit von Meerlicht zu genießen. Sie gingen an den Strand, schwammen im kühlen Wasser und entspannten sich im weichen Sand. Die Leichtigkeit und Freude, die sie empfanden, war überwältigend. Es war, als ob die Welt um sie herum für einen Moment stillstand und ihnen erlaubte, einfach glücklich zu sein.

Am Nachmittag setzten sie sich zusammen, um ihre Pläne für die nachhaltige Fischerei weiterzuentwickeln. Christian erklärte Ralph einige seiner neuesten Ideen, und Ralph brachte praktische Vorschläge ein, die auf seinen Erfahrungen als Fischer basierten. Ihre Zusammenarbeit verlief harmonisch und produktiv, und sie fühlten sich wie ein echtes Team.

«Das könnte wirklich funktionieren», sagte Ralph begeistert, als sie einen Plan für die Verwendung von umweltfreundlicheren Netzen skizzierten. «Es ist eine gute Mischung aus Wissenschaft und Praxis.»

Christian nickte zustimmend.

«Genau das habe ich mir erhofft. Wenn wir zusammenarbeiten, können wir viel erreichen.»

Als die Sonne begann unterzugehen, kehrten sie ins Strandhaus zurück.

Ralph machte ein einfaches Abendessen, während Christian sich Notizen über ihre Fortschritte machte. Während sie aßen, sprachen sie über die nächsten Schritte und die Herausforderungen, die vor ihnen lagen.

«Ich denke, ich werde heute Nacht einen Tauchgang machen», sagte Christian plötzlich. «Es gibt einige Proben, die ich sammeln möchte, und nachts ist die Aktivität im Meer anders. Es könnte interessante Daten liefern.»

Ralph sah ihn besorgt an.

«Bist du sicher, dass das eine gute Idee ist? Nach allem, was passiert ist, sollten wir vorsichtig sein.»

Christian nickte.

«Ja, Ralph. Diese Daten sind wichtig. Aber ich werde nicht allein tauchen. Es ist zu gefährlich, vor allem nach dem, was passiert ist. Ich brauche einen Tauchpartner.»

Ralph sah Christian fest in die Augen.

«Dann komme ich mit dir. Ich lasse dich nicht allein da draußen.»

Christian zögerte kurz, dann lächelte er.

«Danke, Ralph. Es beruhigt mich, dich dabei zu haben.»

Die beiden Männer bereiteten die Ausrüstung sorgfältig vor. Christian überprüfte jedes Detail, während Ralph sicherstellte, dass die Tanks vollständig gefüllt und die Atemregler in einwandfreiem Zustand waren. Sie sprachen auch die Notfallsignale und Tauchpläne durch, um sicherzustellen, dass sie auf jede Situation vorbereitet waren.

Emma, die noch im Institut arbeitete, kam kurz vorbei, um ihnen viel Glück zu wünschen.

«Passt auf euch auf», sagte sie ernst. «Nach allem, was passiert ist, müssen wir besonders vorsichtig sein.»

«Werden wir», versicherte Christian ihr. «Danke, Emma.»

Als die Dunkelheit hereinbrach, fuhren Ralph und Christian zum Strand, wo sie das Tauchboot vorbereitet hatten. Der Mond schien hell und spiegelte sich auf der ruhigen Wasseroberfläche. Es war eine wunderschöne, aber auch geheimnisvolle Nacht.

«Bereit?», fragte Ralph, als sie ihre Ausrüstung anzogen.

Christian nickte und spürte eine Mischung aus Aufregung und Nervosität.

«Ja, ich bin bereit.»

Sie setzten ihre Masken auf, überprüften noch einmal die Kommunikation über ihre Unterwasser-Funkgeräte und ließen sich dann rückwärts ins Wasser fallen. Das kühle Wasser umhüllte sie sofort, und sie begannen ihren langsamen Abstieg in die Tiefe.

Die Unterwasserwelt bei Nacht war anders, faszinierend und voller Leben, das tagsüber verborgen blieb. Christian und Ralph tauchten langsam tiefer, ihre

Lampen schnitten durch die Dunkelheit und enthüllten schillernde Korallen und neugierige Fische, die in den Lichtkegeln auftauchten.

Christian begann, Proben zu sammeln und Daten zu erfassen. Ralph blieb immer in seiner Nähe, beobachtete aufmerksam die Umgebung und sicherte ihren Tauchgang ab. Die Ruhe des Meeres bei Nacht und das Gefühl, gemeinsam etwas Wichtiges zu tun, stärkte ihre Verbindung noch weiter.

Doch plötzlich bemerkte Christian, dass etwas nicht stimmte. Ein leises Zischen drang an seine Ohren, und der Luftdruck in seinem Tank begann schnell zu sinken. Panik stieg in ihm auf, als er erkannte, dass seine Ausrüstung sabotiert worden war.

Er drehte sich um und gab Ralph das Notsignal. Sofort war Ralph an seiner Seite und erfasste die Situation. Ohne zu zögern, nahm er Christians Hand und führte ihn ruhig, aber zügig in

Richtung Oberfläche. Die beiden Männer bewegten sich synchron, ihre lange Erfahrung und das gegenseitige Vertrauen halfen ihnen, die aufkommende Panik zu unterdrücken.

Als sie die Oberfläche erreichten, zog Ralph Christian sofort in das Boot. Christian rang nach Atem, und Ralph überprüfte schnell seine Ausrüstung.

«Die Dichtung am Atemregler wurde manipuliert», sagte Ralph wütend.

«Das war kein Zufall», sagte Christian leise, als sie fuhren. «Jemand wollte mich davon abhalten, meine Arbeit zu machen.» Erschöpft legte er sich hin und Ralph fuhr das Boot ans Ufer.

Während Ralph das Steuer führte, hielt er Christians Hand fest.

«Wir werden herausfinden, wer das war, Christian. Und wir werden dafür sorgen, dass du deine Arbeit fortsetzen kannst – sicher und ohne Angst.»

Sie fuhren schnell zum Ufer zurück und Ralph lud die beschädigte Ausrüstung ins Auto. Christian wollte nicht ins Krankenhaus.

«Es geht mir gut, du warst direkt zur Stelle. Ich muss nur einmal ausschlafen, dann wird es wieder gehen.»

Ralph bestand darauf, dass sie wenigstens sofort ins Institut fuhren, um Emma zu informieren und die Polizei einzuschalten.

Als sie im Institut ankamen, wartete Emma bereits besorgt auf sie. Ralph erklärte ihr, was passiert war, und sie rief sofort die Polizei. Die Beamten begannen mit den Ermittlungen, und es war klar, dass sie die Sabotage ernst nahmen.

In dieser Nacht, als Christian und Ralph schließlich zur Ruhe kamen, war ihnen bewusst, dass die Gefahr real war und dass sie vorsichtiger denn je sein mussten. Aber sie waren nicht allein – sie hatten einander und ihre Freunde, die bereit waren, sie zu unterstützen und zu schützen.

Kapitel 11

Die Sonne ging gerade auf, als Christian und Ralph gemeinsam zum Polizeirevier gingen, um ihre Aussagen über die Sabotage des Tauchgangs zu machen. Die Ereignisse der letzten Nacht hatten sie beide erschüttert, aber auch entschlossener gemacht, herauszufinden, wer hinter den gefährlichen Aktionen steckte.

Im Revier wurden sie von Kommissar Lehmann begrüßt, einem erfahrenen und entschlossenen Beamten, der die Ermittlungen leitete.

«Herr Winter, Herr König», sagte er mit einem ernsten Nicken. «Wir müssen Ihre Aussagen aufnehmen und herausfinden, wer versucht hat, Ihre Arbeit zu sabotieren.»

Christian und Ralph gaben detaillierte Beschreibungen der Ereignisse und betonten die ungewöhnlichen

Umstände, die zu dem Vorfall geführt hatten. Christian erklärte, wie er plötzlich den Druckabfall in seinem Lufttank bemerkt hatte und wie Ralph ihm das Leben gerettet hatte.

«Es ist offensichtlich, dass jemand wusste, was er tat», sagte Christian. «Jemand wollte mich ernsthaft verletzen oder schlimmer.»

Kommissar Lehmann notierte alles sorgfältig und nickte verständnisvoll.

«Haben Sie irgendwelche Vermutungen, wer dahinterstecken könnte?»

Christian schüttelte den Kopf.

«Wir haben keine konkreten Verdächtigen. Aber es muss jemand sein, der Zugang zu unserer Ausrüstung hatte und wusste, was er tun musste, um sie zu sabotieren.»

Ralph fügte hinzu: «Es gibt einige Leute im Dorf, die nicht besonders glücklich über die Veränderungen sind, die wir vorschlagen. Aber ich wüsste nicht, wer von ihnen so weit gehen würde.»

Kommissar Lehmann hob eine Augenbraue.

«Wir werden alle möglichen Verdächtigen befragen und sehen, ob wir Hinweise finden können.»

Nachdem sie ihre Aussagen gemacht hatten, verließen Christian und Ralph das Revier. Die Sonne stand inzwischen hoch am Himmel, aber die drückende Last der Ungewissheit blieb auf ihren Schultern.

Zurück im Dorf begannen die Spekulationen. Die Nachricht von der Sabotage verbreitete sich schnell, und die Dorfbewohner diskutierten eifrig, wer der Täter sein könnte.

«Es ist frustrierend», sagte Christian, als sie zurück zum Institut gingen. «Wir wissen, dass jemand uns schaden will, aber ohne Beweise können wir nichts tun.»

Ralph legte eine Hand auf Christians Schulter.

«Wir müssen Geduld haben. Die Wahrheit wird ans Licht kommen. Und bis dahin müssen wir weiterarbeiten und sicherstellen, dass wir unsere Pläne umsetzen.»

Im Institut trafen sie sich mit Emma und Markus, um die nächsten Schritte zu besprechen.

Emma hatte bereits begonnen, zusätzliche Sicherheitsvorkehrungen zu treffen, um weitere Sabotageakte zu verhindern. Markus war ebenfalls entschlossen, ihnen zu helfen. Er hat Kameras installiert und eingerichtet, damit sie alles in und um das Institut beobachtet konnten. Falls wieder jemand eindringen sollte, würde er dadurch entdeckt werden.

«Wir dürfen uns nicht einschüchtern lassen», sagte Emma entschieden. «Unsere Arbeit ist zu wichtig, um jetzt aufzugeben.»

Christian nickte zustimmend.

«Ihr habt recht. Wir müssen weitermachen. Aber wir müssen auch vorsichtig sein.»

Trotz der Unsicherheit und der lau-
fenden Ermittlungen setzten Christian
und Ralph ihre Arbeit unermüdlich
fort. Sie wurden dabei tatkräftig von
Markus und Emma unterstützt. Die vier
entwickelten ein enges Team, das sich
den Herausforderungen und dem
Widerstand stellte, der ihnen aus Teilen
der Dorfbevölkerung entgegengebracht
wurde.

An einem kühlen Morgen trafen sich
Christian und Ralph mit Markus und
Emma am Hafen, um die Fortschritte
ihrer Projekte zu besprechen und die
nächsten Schritte zu planen. Der Wind
trug den salzigen Duft des Meeres
herüber, und Möwen kreisten laut krei-
schend über den Booten.

«Wir müssen sicherstellen, dass die
neuen Netze rechtzeitig ankommen und
dass die Fischer verstehen, wie sie diese

richtig einsetzen», sagte Christian und betrachtete die Pläne, die sie vor sich ausgebreitet hatten.

Markus nickte.

«Ich habe mit einigen Lieferanten gesprochen. Die Netze sollten in den nächsten Tagen hier sein. Ich kümmere mich darum, dass sie schnell verteilt werden.»

Emma fügte hinzu: «Und ich arbeite an einem Schulungsprogramm für die Fischer. Wir könnten eine Informationsveranstaltung organisieren, um die Vorteile der neuen Methoden zu erklären und mögliche Fragen zu beantworten.»

Ralph, der bisher schweigend zugehört hatte, nickte nachdenklich.

«Das ist ein guter Plan. Aber wir müssen auch auf den Widerstand vorbereitet sein. Es gibt immer noch einige Fischer, die nicht überzeugt sind.»

Tatsächlich stießen sie weiterhin auf Skepsis und Misstrauen. Einige Dorfbewohner befürchteten, dass die neuen Methoden ihre Lebensweise gefährden könnten. Es gab hitzige Diskussionen und auch offene Anfeindungen.

Eines Nachmittags, als Christian und Ralph gerade von einer Besprechung mit den Fischern zurückkehrten, wurden sie von einer kleinen Gruppe Männer aufgehalten. Einer von ihnen, ein älterer Fischer namens Klaus, trat vor und verschränkte die Arme vor der Brust.

«Wir haben genug von diesen Veränderungen», sagte Klaus scharf. «Wir leben schon seit Generationen so, und das wird sich nicht ändern.»

Ralph trat einen Schritt vor und antwortete ruhig: «Klaus, ich verstehe deine Bedenken. Aber die Zeiten ändern sich, und wir müssen mit ihnen Schritt halten. Diese neuen Methoden werden uns helfen, die Zukunft unserer Fischerei zu sichern.»

Klaus schnaubte abfällig.

«Das sagen sie alle. Aber am Ende leiden wir darunter. Ich vertraue diesen neuen Methoden nicht.»

Christian spürte die Spannung in der Luft und trat ebenfalls vor.

«Klaus, ich verstehe deine Sorgen. Aber wir haben sorgfältig geforscht und getestet. Diese Methoden sind nicht dazu da, euch das Leben schwer zu machen, sondern um sicherzustellen, dass wir alle auch in Zukunft noch vom Meer leben können.»

Die anderen Männer murmelten zustimmend, aber es war klar, dass die Fronten verhärtet waren. Christian und Ralph wussten, dass es Zeit und Geduld brauchen würde, um die Skeptiker zu überzeugen.

Als sie schließlich nach Hause zurückkehrten, fühlten sie sich erschöpft, aber auch entschlossen, weiterzumachen.

«Es wird nicht einfach, aber wir dürfen nicht aufgeben», sagte Ralph und legte eine Hand auf Christians Schulter. «Wir machen das Richtige.»

Christian lächelte und nickte.

«Ja, das tun wir. Und wir haben großartige Unterstützung.»

Die nächsten Tage verbrachten sie damit, ihre Pläne weiter voranzutreiben und die Fischer zu schulen. Sie standen früh auf und arbeiteten bis spät in die Nacht. Die Unterstützung von Markus und Emma war dabei unverzichtbar.

Eines Abends, als sie alle gemeinsam im ‚Anker‘ saßen und über die Ereignisse des Tages sprachen, fühlte Christian eine wachsende Verbundenheit mit seinen Freunden.

«Wir sind auf dem richtigen Weg», sagte er zu Ralph, Markus und Emma. «Es wird nicht einfach, aber wir schaffen das.»

Markus hob sein Glas.

«Auf unsere Freundschaft und auf die Zukunft unserer Fischerei.»

Die anderen stießen mit ihm an, und für einen Moment fühlte sich alles richtig und gut an. Trotz der Herausforderungen und des Widerstands spürten sie eine tiefe Verbundenheit und die Hoffnung auf eine bessere Zukunft.

Am nächsten Morgen standen Christian und Ralph früh auf, um weiter an ihren Projekten zu arbeiten. Trotz der Schwierigkeiten und des Widerstands blieben sie fest entschlossen, ihre Ziele zu erreichen. Die Unterstützung von Markus und Emma war ihnen dabei eine große Hilfe. Doch an diesem Tag sollten sie eine weitere, unerwartete Unterstützung erfahren.

Als sie zum Hafen kamen, sahen sie Herrn Schmidt, den ältesten Fischer im Dorf, der bereits auf sie wartete. Herr Schmidt war eine respektierte Persönlichkeit in Meerlicht, und seine Meinung hatte großes Gewicht bei den Dorfbewohnern. Ralph begrüßte ihn herzlich.

«Guten Morgen, Herr Schmidt», sagte Ralph. «Was führt Sie so früh hierher?» Herr Schmidt lächelte leicht und schaute Christian an. «Ich habe von den Problemen und der Sabotage gehört», begann er. «Und ich habe gesehen, wie hart ihr arbeitet, um die Fischerei nachhaltiger zu gestalten. Es ist an der Zeit, dass ich meine Unterstützung anbiete.» Christian war überrascht und erfreut.

«Vielen Dank, Herr Schmidt. Ihre Unterstützung bedeutet uns sehr viel.» Herr Schmidt nickte.

«Ich habe lange darüber nachgedacht. Die Zeiten ändern sich, und wir müssen uns anpassen, wenn wir überleben wollen. Ich habe gesehen, wie das Meer sich verändert hat, und ich weiß, dass wir etwas tun müssen, um es zu schützen.»

Er drehte sich zu den anderen Fischern, die sich inzwischen um sie versammelt hatten.

«Hört zu», rief er. «Christian und Ralph tun das Richtige. Sie versuchen, unsere Zukunft zu sichern. Wir sollten ihnen eine Chance geben und ihre Vorschläge unterstützen.»

Die Worte von Herrn Schmidt hatten einen starken Effekt auf die Fischer. Einige von ihnen, die bisher skeptisch gewesen waren, nickten zustimmend. Es war klar, dass Herr Schmidts Meinung viele von ihnen beeinflusste.

«Ich weiß, dass Veränderungen schwer sind», fuhr Herr Schmidt fort. «Aber wir haben die Verantwortung, das Meer für zukünftige Generationen zu bewahren. Lasst uns gemeinsam daran arbeiten.»

Christian und Ralph fühlten eine Welle der Erleichterung und des Dankes. Die Unterstützung von Herrn Schmidt war ein wichtiger Schritt, um das Vertrauen der Fischer zu gewinnen und ihre Projekte voranzutreiben.

«Danke, Herr Schmidt», sagte Ralph. «Ihre Unterstützung wird uns sehr helfen.»

«Es ist das Mindeste, was ich tun kann», antwortete Herr Schmidt. «Ich werde den anderen helfen, die neuen Methoden zu verstehen und umzusetzen. Zusammen können wir es schaffen.»

Die nächsten Tage waren geprägt von harter Arbeit und neuen Hoffnungsschimmern. Dank der Unterstützung von Herrn Schmidt gelang es Christian und Ralph, mehr Fischer für ihre Pläne zu gewinnen und die neuen Methoden erfolgreich einzuführen.

Es war ein großer Fortschritt, und die Stimmung im Dorf begann sich zu verbessern.

Emma und Markus arbeiteten unermüdlich an der Renovierung des Hafens und der Schulung der Fischer. Sie organisierten Workshops und Informationsveranstaltungen, bei denen sie die Vorteile der neuen Methoden erklärten und Fragen beantworteten. Die Beteiligung und das Interesse der Dorfbewohner wuchsen stetig.

Eines Abends, als sie alle zusammen im ‚Anker' saßen, hob Herr Schmidt sein Glas und lächelte.

«Auf die Zukunft unserer Fischerei und auf die Menschen, die den Mut haben, Veränderungen anzustoßen.»

Christian, Ralph, Emma und Markus stießen mit ihm an. Es war ein Moment des Triumphs und der Gemeinschaft, der ihnen zeigte, dass ihre Anstrengungen nicht vergeblich waren.

«Wir haben noch einen langen Weg vor uns», sagte Christian, «aber ich bin zuversichtlich, dass wir es schaffen können.»

Ralph legte einen Arm um Christian und nickte. «Ja, das werden wir. Zusammen sind wir stark.»

Kapitel 12

Die Tage vergingen, und die Ermittlungen der Polizei führten endlich zu einem Durchbruch. Kommissar Lehmann informierte Christian, Ralph und Emma, dass es neue Entwicklungen im Fall der Sabotage gab. Die Spannung war greifbar, als sie sich im Büro des Kommissars versammelten.

«Wir haben genug Beweise gesammelt», begann Kommissar Lehmann, «um den Verdacht zu bestätigen. Tom Becker steht hinter den Sabotageakten.» Christian fühlte einen Knoten in seinem Magen. Er erinnerte sich an das seltsame Verhalten von Tom und die unterschwellige Feindseligkeit, die er bei ihrem letzten Treffen gespürt hatte.

«Wie haben Sie es herausgefunden?», fragte er.

«Wir haben Fingerabdrücke auf den beschädigten Materialien gefunden», erklärte Kommissar Lehmann. «Außerdem haben wir Zeugen, die gesehen haben, wie er in der Nähe des Instituts herumschlich, kurz bevor die Sabotage stattfand.»

Ralph ballte die Fäuste.

«Warum würde er so etwas tun?»

Kommissar Lehmann seufzte.

«Es scheint, dass Tom Becker starke Vorbehalte gegen die Veränderungen hat, die ihr vorschlagt. Er glaubt, dass sie seine Geschäfte und die traditionelle Lebensweise des Dorfes gefährden.»

Christian nickte nachdenklich.

«Aber das rechtfertigt nicht, Leben zu gefährden.»

«Nein, das tut es nicht», stimmte Kommissar Lehmann zu. «Tom Becker wird verhaftet und für seine Taten zur Rechenschaft gezogen.»

Die Verhaftung von Tom Becker verbreitete sich schnell im Dorf, und die Reaktionen waren gemischt. Einige waren schockiert, andere fühlten

Erleichterung. Die meisten jedoch erkannten, dass die Sabotageakte nicht nur die Projekte von Christian und Ralph gefährdet hatten, sondern auch die Sicherheit des gesamten Dorfes.

In den folgenden Tagen spürten Christian und Ralph eine Welle der Unterstützung und Solidarität von den Dorfbewohnern. Die Fischer, die zuvor skeptisch gewesen waren, begannen, die neuen Methoden zu akzeptieren und zu unterstützen.

Eines Abends trafen sich Christian, Ralph, Emma und Markus erneut im ‚Anker', um die jüngsten Entwicklungen zu besprechen und ihre Erfolge zu feiern. Der Raum war erfüllt von Lachen und lebhaften Gesprächen.

«Es war eine harte Zeit, aber wir haben es geschafft», sagte Emma und hob ihr Glas. «Auf die Zukunft und auf unsere Freundschaft.»

«Auf die Zukunft», wiederholten die anderen und stießen mit ihr an.

Ralph legte seinen Arm um Christian und lächelte.

«Ich hätte nie gedacht, dass wir so weit kommen würden. Aber ich bin froh, dass du hier bist und dass wir das zusammen durchgestanden haben.»

Christian erwiderte das Lächeln und fühlte eine tiefe Dankbarkeit und Liebe.

«Ich auch, Ralph. Es war nicht einfach, aber es hat uns nur stärker gemacht.»

Eines Abends, während sie auf der Veranda des Strandhauses saßen und den Sonnenuntergang betrachteten, sprach Ralph über die neuesten Erkenntnisse der Polizei.

«Christian, es stellt sich heraus, dass Tom nicht nur wegen seiner Ansichten zur Fischerei so gehandelt hat. Er hatte schon immer Gefühle für mich, aber er konnte sie sich nie eingestehen. Für ihn war Homosexualität eine Krankheit. Diese unterdrückten Gefühle und seine Abneigung gegen Veränderungen haben ihn zu diesen extremen Maß-nahmen getrieben.»

Christian nahm Ralphs Hand und sah ihm in die Augen.

«Das erklärt einiges. Es ist traurig, dass seine eigenen inneren Kämpfe und Vor-urteile ihn so weit gebracht haben.»

Ralph nickte.

«Ja, es ist traurig. Aber jetzt, wo das alles vorbei ist, können wir uns endlich auf das konzentrieren, was wirklich zählt – uns.»

Christian lächelte.

«Genau. Uns und die Zukunft, die wir zusammen aufbauen werden.»

Epilog

Der Frühling hatte Meerlicht in ein buntes Blütenmeer verwandelt. Die Sonne schien warm auf die kleinen Fischerhäuser, und der frische Duft des Meeres vermischte sich mit dem süßen Aroma der blühenden Blumen. Heute war ein besonderer Tag im Dorf – die Hochzeit von Markus und Emma.

Im Gemeindehaus herrschte reges Treiben, die Dorfbewohner waren dabei, die letzten Vorbereitungen zu treffen. Zwischen den festlich geschmückten Tischen und den liebevoll arrangierten Blumensträußen standen Christian und Ralph, Hand in Hand. Sie beobachteten das bunte Treiben mit einem Lächeln.

«Kannst du glauben, dass Markus und Emma endlich heiraten?», fragte Ralph und drückte Christians Hand.

Christian lachte.

«Es wurde auch Zeit. Die beiden sind wie füreinander geschaffen.»

Ralph nickte zustimmend.

«Ja, so wie wir.»

Christian sah Ralph tief in die Augen und erwiderte das Lächeln. Sie trugen beide schlichte, aber elegante Eheringe – ein Symbol ihrer eigenen Liebe und Verbindung. Vor einigen Monaten hatten sie in einer kleinen, aber wunderschönen Zeremonie am Strand geheiratet, umgeben von ihren engsten Freunden und Familie.

«Ich bin so glücklich, dass wir hier sind», sagte Christian leise. «Meerlicht ist unser gemeinsames Zuhause geworden, und ich könnte mir keinen besseren Ort vorstellen.»

Ralph legte einen Arm um Christians Schultern und zog ihn näher.

«Ich auch, Christian. Jeder Tag hier mit dir ist ein Geschenk.»

Die Zeremonie begann, und alle nahmen ihre Plätze ein. Markus und

Emma strahlten vor Glück, als sie ihre Gelübde austauschten, und es gab nicht wenige Tränen der Rührung unter den Gästen. Die Feier war eine Mischung aus Tradition und Moderne, genau wie das Dorf selbst.

Während der Feierlichkeiten traten Markus und Emma zu Christian und Ralph.

«Danke, dass ihr da seid», sagte Markus und umarmte sie beide. «Ihr seid ein Teil von allem, was wir hier erreicht haben.»

«Und wir könnten uns keine besseren Freunde wünschen», fügte Emma hinzu, bevor sie Christian und Ralph ebenfalls umarmte.

«Das geht uns nicht anders. Nicht nur Freunde. Familie», antwortete Ralph. «Wir sind froh, dass wir Teil dieses besonderen Tages sein dürfen.»

Die Feier ging bis in die späten Abendstunden, gefüllt mit Lachen, Musik und Tanz. Die Dorfbewohner, die durch die gemeinsamen Erlebnisse ebenfalls enger zusammengewachsen waren, feierten fröhlich mit. Es war ein Tag der Freude und der Hoffnung auf eine strahlende Zukunft.

Später, als die Sterne am Himmel funkelten und das Meer ruhig in der Dunkelheit lag, standen Christian und Ralph wieder einmal auf der Veranda ihres Strandhauses. Sie betrachteten das leise Rauschen der Wellen und die Lichter des Dorfes in der Ferne.

«Ich liebe dich, Ralph», sagte Christian leise.

«Ich liebe dich auch, Christian», antwortete Ralph und küsste ihn sanft.